PATRIA

PETITES HEURES

DE LA FERME ET DE L'ATELIER

PAR

ISIDORE SARRASY

ALBI

IMPRIMERIE NOUGUIÈS

1873

Y+

PATRIA

—

PETITES HEURES DE LA FERME & DE L'ATELIER

PATRIA

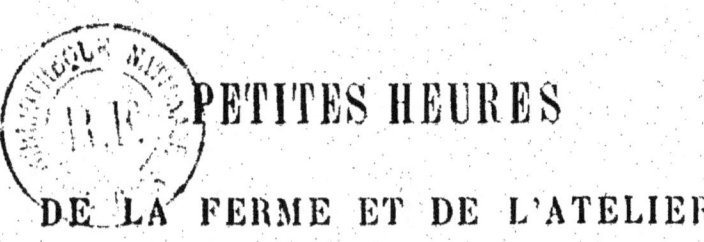

PETITES HEURES

DE LA FERME ET DE L'ATELIER

PAR

ISIDORE SARRASY

ALBI

IMPRIMERIE NOUGUIÈS

1873

Patrie est le corrélatif de liberté. Les esclaves n'ont pas de patrie.

UNE LONGUE PRÉFACE

POUR UN TRÈS-PETIT LIVRE

Le mot de *Patrie*, en tête de ce recueil, aurait pu me dispenser de tout commentaire et de toute explication auprès du lecteur, si les divers partis qui divisent la France n'avaient tous d'égales prétentions au patriotisme.

Profondément convaincu que la monarchie est impuissante à nous tirer de l'abîme où l'Empire nous a précipités, je serais heureux s'il m'était donné de convertir à mon opinion un seul de ces esprits trop prévenus contre la République qui, seule, me paraît capable d'assurer le repos, la prospérité et la vraie grandeur de mon pays.

D'ailleurs cette forme de gouvernement s'impose déjà comme une nécessité, et ce serait travailler au salut commun que de l'accepter sincèrement et sans arrière-pensée. Proclamée ou non, gouvernement de fait ou gouvernement de droit, une et indivisible ou seulement fédérative, la République est notre port à tous (1) !

Si le patriotisme de l'Assemblée ne l'a pas suffisamment éclairée sur les véritables tendances du pays ; si elle n'a point assez calculé les funestes conséquences de la surexcitation et de la défiance des esprits condamnés à rester si longtemps dans le doute et les anxiétés du provisoire, même en présence des protestations répétées mais malheureusement solitaires du Chef du pouvoir exécutif ; fermeté

---

(1) Toute la province est restée immobile sur mes promesses, a dit M. Thiers dans son discours du 8 juin 1871, et aussitôt il a ajouté : « Si l'on voulait précipiter les solutions, on jetterait la France dans la guerre civile, terrible, immédiate. »

Dix-sept mois plus tard, M. Thiers disait encore à la tribune : « Les événements ont donné la République, et remonter à ses causes pour les discuter et pour les juger serait aujourd'hui une entreprise aussi dangereuse qu'inutile. La République existe, elle est le gouvernement légal du pays ; vouloir autre chose serait une nouvelle révolution et la plus redoutable de toutes. » (Message du 13 novembre 1872.)

ou égoïsme, sagesse ou folie, prudence ou
témérité, l'histoire jugera.

Si j'étais un de ces républicains exclusifs qui
ne veulent d'autre République que la leur ;
si mon drapeau était autre que le drapeau glorieux qui abrite la vraie liberté, je serais bien
mal avisé de ne pas me condamner au silence
dans l'effroyable crise que nous traversons.
Mais j'ai hâte de le déclarer, je ne demande
pour toute concession que l'affirmation pure et
simple de la forme républicaine, m'en remet-
tant pour tout le reste au simple bon sens du
pays éprouvé par tant de calamités.

En effet, le progrès n'est point une course
au clocher. Il n'est souvent que la découverte
d'un mal à prévenir, d'un écueil à éviter. Dans
tous les cas sa marche doit être lente pour rester
ferme et toujours assurée. En 1848, l'écueil
était le retour à la monarchie. La France ne
sut pas le comprendre, ou plutôt tiraillée par
les excès des uns, par la résistance systéma-
tique des autres, entraînée aussi par des sou-
venirs de gloire, cédant surtout à la peur que
lui avait inoculée son profond et long égoïsme,
elle se jeta dans les bras d'un nouveau maître
en qui elle s'évertuait à ne voir qu'un sauveur,

hélas! En 1871, même écueil après les plus terribles désastres, après les plus effroyables catastrophes. La verrons-nous cette fois instruite par le malheur, moins imprévoyante et plus sage, entrer résolûment dans la voie du salut ?

Cette voie, un homme l'avait ouverte, il y a environ vingt ans ; un grand patriote, quoique puissent en dire les énergumènes de tous les partis. Écoutons sa confession qui est en même temps tout un programme politique. Ne la dirait-on pas écrite pour l'heure présente :

« Je dépasse à peine le milieu de ma vie, et j'ai vécu déjà sous dix dominations, ou sous dix gouvernements différents en France. J'ai assisté de l'enfance à la maturité, à dix révolutions : gouvernement constitutionnel de Louis XVI, première République, Directoire, Consulat, Empire, première Restauration de 1814, second gouvernement des Cent-Jours par Napoléon, seconde Restauration de 1815, règne de Louis-Philippe, seconde République; dix cataractes par lesquelles l'esprit de la liberté moderne et l'esprit stationnaire ou rétrograde ont essayé tour à tour de descendre ou de remonter la pente des révolutions.

« J'ai palpité de ces émotions, j'ai vécu de cette vie des choses de mon temps, je me suis affligé ou réjoui de ces chûtes ou de ces avénements, j'ai souffert de ces renversements, je me suis instruit à ces spectacles. Mon temps a végété, a retenti, s'est fait homme, a vieilli, s'est renouvelé en moi. J'ai compris ou j'ai cru comprendre où allait le monde sur le courant de Dieu. Une dernière vicissitude m'a jeté un moment moi-même à la tête d'un de ces mouvements, entre un gouvernement qui s'abimait et une société qu'il fallait ..... eillir, sauver, constituer sur de nouvelles bases. La seconde République est née. C'était, pendant une longue période, au moins, la seule base qui put rallier et porter le peuple. Les monarchies s'étaient écroulées tour à tour sur lui, quelles que fussent les modifications qu'elles eussent essayé de faire à leurs principes pour vivre. Les dynasties en guerres civiles pour le trône n'étaient plus elles-mêmes que des occasions et des causes de guerres civiles entre leurs partisans dans la nation. Les droits à la couronne étaient devenus des factions. La nation seule était une, ses prétendants étaient divisés. Le pays seul pouvait régner.

« Il avait de plus à faire, pour la défense des fondements de la société, de ces efforts qui veulent la force et l'unanimité d'un peuple. Enfin il avait et il a à opérer dans ses lois, dans ses idées, dans ses rapports de classe à classe, dans sa religion légale, dans son enseignement, dans sa philosophie, dans ses mœurs, des transformations énergiques que la main d'aucune monarchie n'est assez forte et assez dévouée pour accomplir. Les révolutions se font par les républiques. C'est le gouvernement des peuples debout dans leurs grandes expériences sur eux-mêmes. Ce siècle a de trop grandes choses à faire et de trop grosses questions à remuer pour ne pas rester longtemps ou pour ne pas redevenir souvent république. Je suis donc républicain par intelligence des choses qui doivent naître, et par dévouement à l'œuvre de mon temps. Sans me dissimuler aucun des inconvénients et des dangers de la démocratie, je crois qu'il faut l'accepter héroïquement. Elle est l'instrument qui blesse et qui brise la main de l'homme d'État, mais elle est l'instrument des grandes choses. Il faut renoncer aux grandes choses, il faut se recoucher dans le lit des habitudes et des préjugés, ou il faut hasarder la république. Voilà ma foi (1) ».

Qu'ajouter à de tels enseignements!

Les partis y doivent trouver tous, leur règle de conduite, s'ils aiment réellement la patrie; et la France, ainsi préservée de l'inévitable despotisme de la monarchie et de la tyrannie non moins odieuse des faux amis de la liberté redeviendra la France des grands jours.

Quoi qu'il en soit, j'aurai pour ma part obéi au dernier cri de ma conscience en protestant hautement, dans la mesure de mes forces, contre le régime corrupteur qui a énervé, perverti, déconsidéré la France; et, en cela seul encore, je croirai avoir rempli un grand devoir.

(1) LAMARTINE. Préambule de l'*Histoire de la Restauration*, page 3 et suivantes.

Comme Lamartine, M. Thiers, à vingt ans de distance, s'est aussi converti à la république par intelligence de la situation. Bel exemple de deux citoyens illustres immolant leurs affections personnelles à l'intérêt général et au salut du pays.

PATRIE & LIBERTÉ

AU POËTE LYONNAIS

M. JOSÉPHIN SOULARY,

Auteur des Sonnets Humoristiques.

CONFIDENCE.

L'Empire s'écroulait !... dans sa détresse extrême
La France retournait à ses premiers tyrans ;
Je l'entendis crier : *Vive le roi, quand même !*..
Bassesse, impiété qu'elle expia quinze ans.

La Gloire s'en alla l'œil terne et le front blême ,
La Liberté sentit plus avant dans ses flancs
Le glaive pénétrer. Mais, à l'heure suprême,
Elle sut retrouver ses plus mâles élans.

Puis, contre elle, j'ai vu s'ourdir d'ignobles trames,
Courir l'ardent pamphlet, les libelles infâmes
Des plus infects égoûts nous apportant l'odeur !

Ne me demandez plus pourquoi je suis morose ?
Pourquoi je ne vois plus toujours couleur de rose ?
Ou pourquoi mon esprit est devenu frondeur ?

Novembre 1869.

LA VISION.

—

Un soir, devant mon feu j'étais assis rêveur;
C'était aux derniers jours de la saison d'automne,
Quand des zéphyrs aimés la dernière heure sonne
Et que le Nord dans l'air se déchaîne en vainqueur:

Jeune, je rêvais donc dans l'amour le bonheur.
Tout-à-coup m'apparaît une fière amazone :
Son front, ses cheveux noirs, son œil bleu, tout rayonne!
— O toi, qui donc es-tu, qui fais bondir mon cœur?

— Je suis celle qui suis, me dit sa voix austère;
De Dieu la fille aînée, et, grand et saint mystère,
Celui-là seul qui m'aime, aime l'humanité.

Je suis l'air qui fait vivre et la voix qui console.
— Ta devise, ton nom? Oh ! deviens mon idole !
— Ma devise, patrie ! et mon nom, liberté !

2

O la moderne Babylone, cité des arts, des lettres, du luxe sans frein aussi et des plaisirs immodérés, auras-tu des reins pour les grandes luttes, pour les rudes épreuves, pour les sanglants combats ? Sans doute tu es maintenant belle et parée comme une reine, mais un mal secret te mine et te consume, et l'air semble manquer à tes poumons. Tu es cependant le cœur de la France, ô la reine des cités, et c'est en toi que repose son salut, et peut-être le salut et la paix du monde. Oh ! que la liberté te rende un jour toutes les forces du corps avec la vie de l'âme ! O cité aimée, redeviens la cité des dates glorieuses ; purifie-toi, sanctifie-toi ; sauve-toi, sauve-nous.

RÉPUBLICAINE OU COSAQUE.

—

Paris, la ville immense aux brillants boulevards,
La reine des cités où se meut tout un monde,
Lutèce, à peine hier, la boueuse, l'immonde ;
Maintenant le foyer des lettres et des arts :

Tu les a réunis tous les chefs-d'œuvre épars
Qu'enfanta le progrès dans sa marche féconde,
Fruits d'un travail constant, d'une ardeur sans seconde
Qu'enserrent cette fois tes forts et tes remparts :

Tu peux donc, à l'abri de tes hautes murailles,
Et sans plus redouter le hasard des batailles,
Protéger désormais ton précieux trésor.

N'importe !... ceins tes reins, ô cité souveraine !
Une fois, tu le sais, le Cosaque d'Ukraine
A souillé de ton front le diadème d'or.

Palais de l'Exposition, Août 1867 ; Quart prussien, à la bouche
du canon Krupp.

LES POINTS NOIRS.

—

Les peuples se levaient jadis à ta parole,
Et partout ton drapeau joyeusement fêté
S'implantait, gage heureux de paix, de liberté,
De la grande unité resplendissant symbole:

A ton front rayonnait la brillante auréole,
Celle des saints martyrs de la fraternité!
Et maintenant partout la nuit, l'obscurité :
Qu'as-tu fait de ton huile, ô France, ô vierge folle?

Es-tu fatalement condamnée à périr?
Non. La souffrance épure. Il te faut donc souffrir,
Amèrement pleurer tes gloires éclipsées.

Mais trop lointain espoir, et regrets superflus!
Ton ciel est toujours sombre, et je ne serai plus
Quand reviendront les jours de tes grandeurs passées.

LE PEUPLE-ROI

CAPRICE DE LA MUSE.

Quoi donc, muse encore un ! c'est déjà trop de quatre.
Et qui crois-tu d'ailleurs morigéner ainsi ?
Vois, chacun suit sa pente, et de conseils merci,
Même au nez de Molière on va rire au théâtre !

Qu'importe ? si j'y tiens ! — Faudra-t-il donc se battre ?
Je dis non. — Moi, je veux ; et sans sortir d'ici !
— Mais le sujet ; j'entends au moins… — Non, le voici :
Chante le peuple-roi ! je n'en veux point rabattre.

— Le peuple-roi, grand Dieu! depuis si longtemps mort !
Ce peuple tout de bronze, au cœur fier, au rein fort !
Est-il ressuscité ? Faut-il le mettre en scène ?

— Non !! cet autre… léger, vantard, roi de l'esprit,
Qui, libre, esclave, riche ou pauvre, chante et rit ;
Et qui boit la Garonne et le Rhône et la Seine.

L'incarnation de l'Empire dans la liberté serait-il l'avénement de l'archi-unitéisme de M. Gagne ? En tout cas, voilà le gouvernement personnel réduit à faire amende honorable, jugé, condamné, exécuté par la majorité du Corps législatif. Mais l'Empire libéral, en admettant qu'il soit chose possible, et qu'il n'y ait sous une telle amorce ni traquenard, ni chausse-trape, paralysera-t-il l'avénement de la République ?

La France, il est aisé de le voir, marche invinciblement au gouvernement du peuple par le peuple. Un peu plus tôt, un peu plus tard, que ce soit sous les Bonaparte, que ce soit sous les d'Orléans, elle achèvera son éducation républicaine par le suffrage universel. Les campagnes moins défiantes, comprenant mieux leurs vrais intérêts, donneront la main aux populations des villes devenues plus morales, plus amies de l'ordre dans la liberté, et, quelque beau jour, d'un commun accord, on en finira avec la forme monarchique.

Ceci n'est ni un rêve, ni une utopie. Ce que ne ferait pas le suffrage universel s'accomplirait d'ailleurs rien que par le morcellement du sol. La progression croissante du nombre des citoyens qui, tous les ans, s'inscrivent aux tables de la propriété foncière, conduirait, à elle seule, la France à la conquête de tous les droits qui sont le partage des peuples libres. Seulement il est à souhaiter que la bourgeoisie, comprenant enfin d'où lui peut venir le salut, ne provoque point, par une résistance aveugle, une crise qui ne pourrait être que fatale au pays.

LA FORTUNE DE LA FRANCE.

—

L'Empire libéral... et Rouher! et Forcade!!
Absolutisme donc veut dire liberté.
Ainsi le blanc est noir, mensonge est vérité;
La probité des mots rougit de l'accolade.

Glorieux avatar de la grande monade
Qui doit nous mener droit à la Fraternité,
Au repos, au bonheur, même à l'égalité!
Seulement, avant tout, motus... point d'incartade!

France donc, bats des mains! Que te faut-il encor,
Quand partout l'on travaille à te faire un pont d'or;
La liberté peut-être?... Ah! si tu veux y mordre,

Le chassepot, ma foi, va te faire raison.
Cueille ta manne, ingrate, il en tombe à foison :
Digère et meurs en paix. On te répond de l'ordre.

LES TARTUFES POLITIQUES [1].

I.

Comme le vers de Juvénal
Tout plein d'une âpreté sauvage
Que mon vers vous fouette au visage
Suppôts du royaume infernal !

Ennemis de tout cœur loyal,
N'ayant que le vice en partage,
Hommes impurs nés pour le mal,
Votre nom seul est un outrage.

Le peuple aux jours de sa fureur
Arrachant le masque trompeur
Qui couvre votre ignoble face,

Vous mettant au cou le carcan
Au poteau vous clouera. Satan
N'y pourra plus rien, quoi qu'il fasse.

(1) J'appelle Tartufes politiques ces intrigants de tous les partis qui se font un masque de la vertu, et un jeu de tout ce que respectent les hommes de cœur.

II.

N'affichez point ces airs d'humanité !
      Votre regard est faux et louche
      Et votre âme que rien ne touche
Ne se complaît que dans l'iniquité.

De votre cœur jamais la vérité
      Ne monta jusqu'à votre bouche.
Vous pratiquez l'amour, la charité
      Comme Mandrin, comme Cartouche.

Pensez-y bien, le peuple, un jour,
Se ruera sur vous à son tour,
Ardent à prendre sa revanche :

Vous aurez beau prier, gémir;
Envain même vous voudrez fuir,
Sur vous tombera l'avalanche.

III.

Vêtus de la peau des agneaux,
Quand vous vous posez en victimes,
Vous machinez de nouveaux crimes,
Et vous aiguisez vos couteaux.

Dans l'ombre tendant vos panneaux,
Faisant courir vos sourdes limes,
Vos mains, ingénieux bourreaux,
Sous nos pieds creusent des abîmes.

Patience encore. Avant peu
Se purifiera devant' Dieu
Cette France par vous souillée ;

Au ciel reparaîtra l'azur,
Et sur son front l'éclat si pur,
Dont vos méfaits l'ont dépouillée.

IV.

Ainsi malheur à vous ! malheur à nous aussi !
Car, quand la main de Dieu déchaîne les tempêtes,
Des révolutions l'hydre aux sanglantes têtes
Extermine en aveugle et n'a point de merci.

Car, de la liberté le véritable apôtre,
Aux grands jours du péril prend place au premier rang;
Il meurt pour le devoir, et donne tout son sang,
Même pour empêcher qu'on ne verse le vôtre.

CHATIMENT.

Quand liberté, patrie, ou bien chose publique
Ne sont plus que des mots qui pour tous sonnent creux,
Quand dans les cœurs s'éteint toute vertu civique,
Quand un peuple va boire au cloaque fangeux ;

Quand le serment n'est plus qu'une simple rubrique,
Quand tout subit le cours de l'agio honteux ;
Quand, au grand jour, le vice, à l'allure impudique,
Découvre effrontément son visage hideux ;

Le despotisme alors, levant sa tête altière,
Au-dessus de la loi fait flotter sa bannière,
Le Forum se remplit de courtisans repus ;

Et le troupeau maudit broute et paît en silence.
C'est donc vrai : les tyrans n'affirment leur puissance
Que par la lâcheté des peuples corrompus.

LA FRANCE DU PLÉBISCITE.

—

Terrible cauchemar! épouvantable rêve!
Qui donc la fait mouvoir comme un vil mannequin
Cette France accolée à l'infâme pasquin
Qui, vingt ans, sur sa tête a promené le glaive?

Soudard qui vicia sa généreuse sève,
Et fit bleuir ses chairs sous sa dent de requin.
C'en est donc fait!... rivée à ce nouveau Tarquin
Au fond d'un sombre égout que son destin s'achève!!

Ceux qu'aime à visiter la sainte liberté
Ont le cœur grand et fier. Pour eux, l'Humanité
Est le puissant creuset où trempe leur civisme.

Pour eux, des oppresseurs combattre le pouvoir,
Mourir pour le pays est un pieux devoir;
Et leur âme jamais ne connut l'égoïsme.

3

LA GUERRE.

—

Vous acclamez la guerre, insensés ! quelle rage,
Quel infernal désir sont entrés dans vos cœurs !
Quoi ! Vous l'aimeriez donc la guerre et ses horreurs?
D'où vous vient cette soif de sang et de carnage?

Quel esprit malfaisant vous souffle ces fureurs?
Vous ne frémissez point. D'où vous vient ce courage?
Ah ! le Maître le veut !... Et vous, l'Aréopage,
Vous vous inclinez tous, lâches adulateurs !

Vous, faits pour apaiser les haines, les colères,
Vous oubliez ainsi que les peuples sont frères,
Vous promenez partout et le fer et le feu .

Partout vous déchaînez d'effroyables tempêtes.
Oh ! que le sang versé retombe sur vos têtes!
Il va crier vengeance au tribunal de Dieu.

Debout la France pour conjurer l'orage ! Du Nord au Midi, des Alpes à l'Océan, debout la France entière ! En avant pour le salut, et malheur aux despotes qui, si imprudemment, ont allumé la foudre !

Que de tant de désastres et de sang versé sorte un enseignement salutaire ! Que de l'ambition des princes, que de la querelle des rois naisse la paix du monde et la confraternité des peuples !

La France entière debout !!

FORBACH ET WŒRTH.

—

Le sol de la Patrie est souillé. La victoire
Déserte nos drapeaux; et pourtant les soldats,
O France, comme aux jours des plus rudes combats,
Expirent invaincus et se couvrent de gloire.

Partout un contre trois!… O nos frères, l'histoire
Dira comment la terre a tremblé sous vos pas,
Combien vous fûtes grands! et de votre trépas
Le monde gardera l'éternelle mémoire.

Oui, nous les vengerons. La Patrie en danger
Pousse le cri d'alarme, et, contre l'étranger,
Sa voix doit retremper notre âme endolorie.

En avant!—Marchons tous!—Dans un commun effort
Attaquons, refoulons les barbares du Nord!
Aux armes! pour venger et sauver la Patrie!!

La République est proclamée !

Au milieu des désastres qui nous frappent, son avénement sera salué par tous ceux dont l'égoïsme n'a point desséché le cœur.

Quand, autour de nous, tout craque et s'effondre, qu'elle soit notre planche de salut !

Que le souffle de 1792 passe sur nos têtes et purifie nos âmes des souillures d'une longue tyrannie.

Retrempons-nous par la concorde, le désintéressement, le sacrifice ! Rendons-nous dignes de la liberté qui vient nous visiter encore ! Ayons le civisme de nos pères; et sachons, comme eux, vivre et mourir pour la patrie.

4 Septembre 1870.

JAMAIS COSAQUE.

—

O France, je faisais ton deuil !
Je te voyais hâve, blafarde,
Sous un soldat de corps de garde,
Te rouler près de fermer l'œil !

Mais, de la mort rasant le seuil,
Est-il donc vrai que, moins couarde,
De tes faisceaux, de ta cocarde,
Tu retrouves le noble orgueil?

Reprends donc ta puissante armure !
Sus au reître à la bave impure !
Dent pour dent, affront pour affront !

Faut-il voir, ô fille des Gaules,
Sa bouche souiller tes épaules
Et faire tache sur ton front !

L'APPEL AU MOBILE.

—

CHANT NATIONAL.

—

Ils ont envahi nos provinces,
Semant la terreur et la mort,
Les Barbares sortis du Nord
Sous la conduite de leurs princes.

Prends tes armes, jeune soldat !
La France a foi dans ta vaillance ;
Prends tes armes ! plein d'espérance,
Pour ton pays marche au combat.

Avides de sang, de carnage,
Ils ont dit dans leur sombre orgueil :
« Régnons par le meurtre et le deuil,
Par l'incendie et le pillage. »

Prends tes armes, jeune soldat ! etc.

Ils ont crié dans leur délire :
« Détruisons la grande cité ;
Au cœur de ce peuple indompté
Infligeons ce nouveau martyre. »

Prends tes armes, jeune soldat ! etc.

De la France quel est le crime
Qu'ils voudraient lui faire expier?
Puissante, il faut l'humilier,
La dépécer, noble victime.

Prends tes armes, jeune soldat! etc.

Le canon gronde, la mitraille
En vain éclate sur tes pas;
Un Français ne recule pas,
Plutôt il meurt dans la bataille.

Prends tes armes, jeune soldat! etc.

En avant, à la baïonnette!
C'est l'arme des hommes de cœur,
Sus aux Prussiens! Que ta valeur
A la frontière les rejette.

Prends tes armes, jeune soldat, etc.

Que loin de la terre conquise,
Expiant enfin leurs succès,
Ils apprennent que des Français
Vaincre ou mourir est la devise.

Prends tes armes, jeune soldat! etc.

Tu vaincras! et, mère chérie,
La France un jour te bénira.
Glorieux ton nom s'inscrira
Au Livre d'or de la Patrie.

Prends tes armes, jeune soldat!
La France a foi dans ta vaillance;
Prends tes armes! plein d'espérance,
Pour ton pays marche au combat.

VAINCRE OU MOURIR.

Français, laisserons-nous plus longtemps les Barbares
Piétiner notre sol ! La Patrie en danger
N'a-t-elle plus d'enfants debout pour la venger?
Qui donc de notre sang ose nous dire avares?

Oh ! mille fois la mort plutôt que l'étranger !
Entendez ces hourras, ces bruyantes fanfares !
Sous les murs, ô Paris, ils viennent se ranger ;
Toi, pour les grands combats, sans peur, tu te prépares.

Il n'est donc point de terme à ta brutalité,
Sacrilège Allemagne, et la noble cité
Devra sous les obus se tordre dans la poudre?

Oh ! tremble cependant, peuple exterminateur !
Tes exploits vont finir, tremble ! Du Dieu vengeur
Pour punir tes forfaits déjà gronde la foudre.

L'HIVER DE 1870-71.

—

Seigneur, ta main nous frappe, et le vent des tempêtes
Vient de souffler sur nous dans toute sa fureur.
Tous les cœurs sont remplis d'une muette horreur :
Le joug de l'étranger courbe toutes les têtes.

Le deuil a remplacé la pompe de nos fêtes :
Nous subissons la loi de l'insolent vainqueur.
Frères, retrempons-nous au creuset du malheur;
Unis, nous apprendrons à venger nos défaites.

Cruel, fatal hiver, nos généreux soldats
Vaincus par les rigueurs, meurtris par les combats,
Ont vu s'enfuir par toi leur dernière espérance.

O Guillaume, ô Bismark, avec les aquilons
Vous avez fait assaut ! Aux coteaux, aux vallons,
Tous nos myrtes sont morts, tous les lauriers, ô France.

RÉDEMPTION.

—

Qui sonne ton réveil, ô patrie adorée?
De quel coin de l'azur t'arrive le salut?
Qui donc arme ton bras, vise avec toi le but?
Oh! c'est de tes martyrs l'ombre à jamais sacrée.

Toi, qui n'étais hier qu'un objet de rebut,
De leur tombeau tu sors toute transfigurée;
Et le ciel, qui te voit ainsi régénérée,
De l'expiation accepte le tribut.

Tes douleurs ont vaincu. Renais à l'espérance!
Retrouve tes grands jours et redeviens la France!
Et, pour mieux honorer la tombe de tes morts,

Grande dans tes dédains, maîtrisant tes colères,
Aux criminels auteurs de tes longues misères
Laisse pour châtiment la honte et le remords.

3

HYMNES

DE LA FRATERNITÉ

Le dissentiment d'opinion qui existe entre les villes et les campagnes est heureusement plutôt à la surface qu'au fond des esprits. Pour ces dernières, l'Empire n'était qu'une protestation permanente contre la royauté. L'Empereur leur avait toujours apparu comme leur défenseur-né contre les Bourbons, la noblesse, la féodalité. Difficilement elles eussent pu croire que l'Empire était la plus absolue, la plus dangereuse des monarchies, sans les terribles catastrophes dans lesquelles il vient de précipiter la France.

Était-il d'ailleurs bien surprenant que pour le peuple des campagnes *patrie*, *liberté*, ne fussent que des êtres de raison ? Les idées générales ne sont point de son domaine. Il faut qu'il voie, qu'il touche, qu'il sente. Peut-il en être autrement ? Que sait-il des actions généreuses, des nobles dévouements? Qu'a-t-il appris à l'école de son village?

Sans doute, en 1792, il se leva comme un seul homme. Mais qu'il était bien payé pour comprendre sa situation ! Sur tous les points du territoire il se trouvait en présence du donjon seigneurial. Des siècles de douloureuses épreuves lui avaient appris ce que c'était que le collier de force, la dîme, la corvée, la servitude, la misère enfin. Et on l'appelait au bien-être et à la liberté ! La *patrie* était pour lui la *terre promise*. Après la grande et terrible lutte dans laquelle la France eut à résister au choc de l'Europe, le bien-être lui est venu, et, trop oublieux des causes qui l'ont amené, ce peuple s'est isolé dans son égoïsme. Ne comprenant plus que là où la liberté expire, la patrie cesse d'exister, il va jusqu'à maudire la République à laquelle il doit tout ce qu'il est, sans laquelle il ne serait encore que l'homme de main-morte et la chose du maître ; mais le jour où, suffisamment instruit de ses droits et de ses devoirs de citoyen, il comprendra où la *monarchie*, empire ou royauté, doit fatalement le conduire, il restera invinciblement attaché à la grande cause de la liberté.

L'AGRICULTURE ET L'INDUSTRIE.

—

Chant de l'Orphéon Sainte-Cécile d'Albi,

au Concours régional de 1871.

—

Terre des myrtes, des cytises,
Terre des doux parfums, terre des tièdes brises,
Douce paix, doux bonheur des champs;
Vallons fleuris que pare la nature,
Riants coteaux à la verte ceinture,
A vous notre amour et nos chants !

Il est venu le jour, ô cité vénérée,
Où, l'auréole au front et de festons parée,
Tu dois les proclamer à ton tour les vainqueurs.
De ce grand jour en toi nous saluons la reine
Et le brillant sénat, auguste souveraine,
Où battent tant de nobles cœurs.

Honneur, honneur à vous dont la main vigoureuse,
Dans un sol paresseux, inculte ou vierge encor,
Trace le dur sillon où croît la gerbe d'or
Et le cep qui produit la grappe généreuse.
    A vous, les pères nourriciers,
    Les vrais soutiens de notre belle France,
    A vous ces chants de joie et d'espérance,
    A vous ces fleurs et ces lauriers !

    Recevez-la cette couronne
    Qu'en ce jour solennel vous donne
Un triomphe bien pur, fruit de vos longs travaux,
Oui, le travail des champs fait vivre l'industrie :
Artisans, Laboureurs, en vous tous la Patrie
    Veut des frères non des rivaux.

    Issus tous d'une même mère,
Laboureurs, Artisans, pour un destin prospère
    Unissez vos constants efforts :
    N'ayez qu'un cœur, n'ayez qu'une âme :
Du fraternel amour que l'ardeur vous enflamme,
    Vous serez grands, vous serez forts.

    Pour vous le ciel la fait éclore
L'aube des jours nouveaux, l'aube des jours sereins.
    Par vous, dans nos joyeux refrains,
D'un heureux avenir nous saluons l'aurore.

Resplendissante aurore, à l'orient vermeil
Reparaît la clarté trop longtemps disparue.
Hommes de l'atelier, hommes de la charrue,
Pour vous plus radieux se lève le soleil.

Dieu tout-puissant, sur nos campagnes
Verse tes dons et tes faveurs;
Dans nos vallons, dans nos montagnes,
Guide la main des travailleurs.
Bénis-la cette noble France !
Donne-lui la paix, l'abondance,
Dicte ses institutions :
Toujours grande, toujours féconde,
Qu'elle soit l'œil, le cœur du monde
Et la reine des nations !

Terre des myrtes, des cytises,
Terre des doux parfums, terre des tièdes brises,
Douce paix, doux bonheur des champs;
Vallons fleuris que pare la nature,
Riants coteaux à la verte ceinture,
A vous notre amour et nos chants.

CHRISTUS REDEMPTOR.

—

> Les princes de la terre ne courent, dans
> leur orgueil, qu'après la vaine gloire et
> des lauriers qu'arrose toujours le sang
> humain! Que leur a donc fait Christ qui
> a donné le sien pour cimenter la sainte
> Fraternité des peuples?

Voyez là-bas dans les ténèbres,
Assise à l'ombre de la mort,
Voyez l'humanité qui dort
Le front ceint de voiles funèbres:
Cruel repos, fatal sommeil!
Triste prélude d'agonie!
Sombre et funeste léthargie
Qui ne connaît pas de reveil!!

Toujours chaste, toujours aimante,
Et dupe de son noble cœur,
Dans les fers, ô crime! ô douleur!
On la fit descendre mourante:

Qui pourra dans le sombre lieu
Porter la vie et l'espérance?
Qui la réveillera?... Silence!
Le Verbe... le souffle de Dieu!!

Celui qui d'un grain de poussière
Et d'un mot créa l'univers;
Qui dans l'immensité des airs
Répandit des flots de lumière;
Qui créa l'astre étincelant;
Qui de la nuit tissa les voiles;
Qui sema des millions d'étoiles
Au vaste azur du firmament!

Celui dont l'esprit est l'essence,
Dont la vie est l'éternité!
Celui de qui l'immensité
Egale la toute-puissance :
Celui qui d'un souffle divin
Des mondes règle l'harmonie,
Et qui seul d'une main hardie
Écrit au livre du destin!

Celui qui voulut que la terre
Eut des germes toujours féconds;
Qui de fleurs orna les vallons
Et la montagne solitaire;

Qui créa pour la charité
La femme, cette fleur si belle;
Pour les champs de l'air l'hirondelle,
Et l'homme pour la liberté.

Les temps sont venus... Les prophètes
Dorment sur leurs trépieds de fer!
Leur fléau ne fouette plus l'air,
Ils n'évoquent plus les tempêtes.
Au désert, le saint précurseur
D'un Dieu d'amour subit l'étreinte;
Et Sion, la montagne sainte,
N'a plus que des chants de bonheur!...

Pourquoi frémissants sur leurs trônes
Les monarques ont-ils pâli?
Leur règne serait-il fini?
Déposeraient-ils leurs couronnes?
Quoi, la naissance d'un enfant
Causerait-elle tant d'alarmes!
Pourquoi ce long appel aux armes?
Pourquoi cet apprêt menaçant?

Rome la grande métropole,
Rome même, Rome a tremblé!
Quel nuage a-t-il donc voilé
Les flèches d'or du Capitole?

Menacerait-on ses remparts ?
Et d'où vient l'effroi de Tibère ?
N'auraient-ils qu'un règne éphémère
Ses Dieux si grands et ses Césars ?

Il est né le roi de la terre,
L'astre éclatant, le Dieu du jour.
Opprimés, à vous son amour !
Tyrans haineux, à vous la guerre !
Relève-toi, Jérusalem ;
A ton tour sois reine du monde !
Relève-toi grande et féconde,
Ton Christ est né dans Bethléem.

Déjà la sombre jalousie
S'agite autour de son berceau,
Et souillant le royal bandeau
Un tyran recherche sa vie :
Entendez ces cris éperdus,
Ces sanglots, ces plaintes amères ;
Rama, c'est le cri de tes mères
Pleurant leurs fils qui ne sont plus !...

L'Égypte sera son refuge ;
Il a fui, c'est l'ordre du ciel.
A toi de craindre, roi cruel,
Ta victime sera ton juge !

Il reviendra. De rameaux verts
Orne le temple et tes portiques;
Que tes chants les plus magnifiques,
Cité sainte, frappent les airs!

Digne fruit de ses longues veilles,
Il t'apportera le bonheur;
Esprit ardent et noble cœur,
Il sera le Christ des merveilles!
Son sang de la fraternité
Scellera le dogme sublime;
Et sur la croix, sainte victime,
Il mourra pour l'humanité.

A MON FRÈRE

Tes principes politiques et les miens sont ceux de notre grand-père maternel, cet excellent citoyen qui traversa, avec toutes les vertus de l'honnête homme et du vrai patriote, la grande crise révolutionnaire (1)

Nous avons appris à bonne école toute la valeur des mots patrie et liberté. Je ne saurais dédier mon hymne L'ÉLECTRICITÉ ET LA VAPEUR à meilleur que toi.

(1) « La ville d'Albi, me disait un jour un de nos concitoyens, M. Henri de Vezian, colonel d'artillerie, ne pourra jamais assez reconnaître les services que lui a rendus le civisme à toute épreuve de votre grand-père, Pierre Lautier, dans un temps où il était bien plus difficile d'empêcher le mal, que de faire le bien absolument parlant ». Ce témoignage avait d'autant plus de prix à mes yeux, que les opinions politiques de M. de Vezian n'étaient assurément pas celles d'un partisan de la République.

Pendant que les peuples se félicitaient de voir s'ouvrir une ère de paix et de concorde, le démon familier de deux souverains, l'ambition et l'orgueil, allait, quatre ans après Sadowa, compromettre de nouveau la paix de l'Europe. A la voix du maître, se heurtent aussitôt les bataillons armés de la France et de la Prusse; l'affreuse tuerie s'organise, la terre regorge de cadavres, les rivières roulent des flots de sang.

Déjà, pour l'un des deux monarques, l'heure de la justice est venue; l'expiation commence. Quel sera le sort de l'autre? C'est encore dans les secrets de Dieu.

Poussée, contre sa volonté, dans cette lutte fratricide, la France proteste contre une guerre impie, et sa cause, devenue celle de l'humanité, lui donne droit au respect du monde et à la sympathie de tous les peuples. Dieu ne voudra pas qu'elle succombe.

Entraînée par l'esprit de conquête, l'Allemagne obéit en aveugle au génie du mal; et son châtiment, si la France pouvait succomber, lui viendrait de son triomphe même. Guillaume riverait ses fers et la forcerait bien vite à s'apercevoir qu'elle a fait le sacrifice de sa liberté à l'appât d'une nationalité factice. Car il n'y a de vraies nationalités que celles qui reposent sur le respect du droit humain, par conséquent sur la justice et la liberté. En dehors de ces conditions, la civilisation ne connait plus que des tribus féroces, que des hordes sanguinaires.

Devant l'histoire quel sera le nom du nouvel Attila?..... S'appellera-t-il Bismark, Moltke ou Guillaume? Impitoyables massacreurs, non, leur Dieu n'est point le Dieu des chrétiens, c'est le génie de la ruine, de la désolation et de la mort. Que le sang de la France, que le sang de la Prusse retombe sur leur tête! Les peuples comprendront-ils enfin qu'ils ne sont plus de vils troupeaux à la merci de maîtres sans entrailles!!

L'ÉLECTRICITÉ ET LA VAPEUR.

—

Et spiritus dei ferebatur super aquas.
GENÈSE.

Le christianisme n'a point dit son dernier mot. L'Évangile est une mine féconde;
il peut satisfaire à toutes les phases du
progrès, parce qu'il répond à tous les be-
soins du cœur.

Force mystérieuse à jamais inconnue,
Redoutable élément qui fais bondir la nue
    Impuissante à te contenir !
Énergique moteur, formidable puissance
Qui te ris de l'obstacle, et brasses en silence
    Tous les germes de l'avenir !

    Est-ce Satan qui vous envoie?
Allons-nous, imprudents, nous lancer dans la voie
    Où nous appelle un don fatal?
    Esprits ardents à reconstruire,
N'allons-nous pas ainsi tout saper, tout détruire,
    Manœuvres de l'ange du mal?

5

— Non. Le progrès a ses mystères ;
Car il nous vient du ciel. Voulons-nous, téméraires,
Expliquer le cercle de feu (1) ?
Vapeur, électrique étincelle,
Par vos effets puissants à nous Dieu se révèle,
Et vous êtes un don de Dieu.

Alerte ! le wagon qui passe
Comme le flot que le flot chasse,
Pousse les générations :
Portant l'éclair et le tonnerre,
Comme un trait il rase la terre.
Vite en marche les nations !...
A ce fil conducteur que le fluide inonde
L'Europe allume son flambeau ;
De ce tunnel béant sort un monde nouveau,
Sous le rail craque le vieux monde !

C'était peu de fouiller aux entrailles des monts ;
Peu d'avoir établi ces rampes souterraines,
Créé ces viaducs qui recouvrent nos plaines,
Ce réseau qui serpente en immenses sillons ;

(1) Et ce ciel n'a pour espace que l'esprit de Dieu, dans lequel
s'enflamme l'amour qui le pousse et la vertu qu'il répand. La
lumière et l'amour l'environnent d'un cercle, comme lui-même
environne les autres, et ce cercle n'est compris que de celui qui
le forme.   DANTE.

L'esprit humain dans son audace,
Maître des éléments et maître de l'espace,
        Par un victorieux élan
        Rejetant l'étreinte du doute,
Aux sombres profondeurs va chercher une route
        Sous les flots du vaste Océan.

Ainsi qu'il est écrit dans le livre de vie,
Peuples, au grand banquet c'est Dieu qui vous convie;
        Cet appel ne peut être vain :
Et, pour vous amener à cette grande fête,
Les collines, les monts ont abaissé leur tête (1);
        Les cités se donnent la main.

Le jour vient, il approche, où, toute haine éteinte,
Vous la verrez surgir la Jérusalem sainte,
Jérusalem d'amour et de chastes plaisirs,
Où le cœur ne connaît ni secrètes tortures,
Ni sombre désespoir, ni passions impures,
        Ni funestes désirs.

Prophètes de malheur, à la lèvre moqueuse,
La parole de Christ serait-elle menteuse?
Ce que Dieu veut, pourquoi ne pas l'aimer ainsi?
Ce qu'attendaient les saints, l'église primitive,
Pontifes et martyrs, nous, pleins d'une foi vive,
        Nous l'attendons aussi!

(1) Et erunt prava in directa, et aspera in vias planas.

Qu'il ravive l'esprit, qu'il brasse la matière,
Le progrès obéit à cette loi première
Qui toujours grandit l'homme et le ramène à Dieu!
Veut-il que la foi meure et que le temple croule?
Veut-il que sans respect s'aille ruer la foule
      Au parvis du saint lieu?

Veut-il la renier la sublime doctrine
Qui pour la liberté mit dans chaque poitrine
Un cœur d'homme, et brisa l'orgueil du peuple-roi?
Pourquoi donc tant gémir lorsque le siècle marche?
Qui de vous, qui de nous ébranle ou soutient l'arche,
      Hommes de peu de foi?

Quand le grand ouvrier, l'architecte des mondes,
Dans l'éther répandit les semences fécondes;
Par l'œuvre de ses mains quand il se révéla;
Il ne dit point à l'homme, à l'homme son image,
Comme au flot courroucé qui heurtait au rivage :
      Tu t'arrêteras-là !

Mais il souffla sur lui le souffle de la vie,
Et comme par l'esprit la matière asservie
Réagit à son tour prompte à le comprimer,
Dieu mit au cœur de l'homme un rayon d'espérance,
Avec l'ardent désir et le besoin immense
      De savoir et d'aimer.

Qu'il subisse sa loi ! qu'il apprenne à connaître !
Connaître, c'est aimer ; c'est vivre, c'est renaître ;
C'est reprendre sa part de céleste clarté !
C'est remonter à Dieu la sagesse infinie,
De science et d'amour éternelle harmonie,
      Éternelle beauté !

— Et si l'homme, oubliant sa fragile nature,
Allait renier Dieu ?... Rebelle créature,
S'il plaçait hors de lui le salut et le port ?...
— Chimère ! n'a-t-il pas deux moniteurs terribles,
Des décrets éternels ministres inflexibles ?...
      La douleur et la mort !

Ne vous écriez point : de la foi de nos pères
Voyez les monuments, infaillibles repères,
Phares résplendissants des temps que nous pleurons !!
Oh ! de l'humanité sondez bien les annales !
Et qui donc remua les pierres sépulcrales
      Tombeaux des Pharaons (1) ?

(1) Des milliers d'esclaves ont travaillé à la construction des Pyramides ; dix mille juifs menés captifs à Rome ont bâti le Colysée. Le catholicisme au moyen-âge élevait des cathédrales et avait les serfs de corps ! Était-ce bien la société chrétienne selon la doctrine de la primitive église ? A-t-on le droit de s'écrier après cela : où est la foi qui a remué tant de pierres ?

N'enrayons point le char dans son essor rapide !
N'allons point évoquer le fantôme livide
Qui du hardi Gama voulut glacer l'ardeur !
Au cœur des nations n'éteignons point la flamme,
Le feu qui sanctifie et qui doit rendre à l'âme
   Sa royale splendeur !

   Loin, bien loin les sombres augures !
   Pourquoi troubler les sources pures
   Que du granit Dieu fait jaillir ?
   Respect à sa volonté sainte !
   Avançons sans trouble et sans crainte,
   Avec le ciel peut-on faillir ?
Dieu... qu'elle espère en toi la France !... et son Génie
   Défiant l'enfer et le sort,
Du creuset où bouillonne un élément de mort,
   La fera sortir rajeunie !

   Si comme Babylone ou Tyr
   Nous n'avions que des Dieux d'argile,
   Le point d'appui serait fragile,
   Amer serait le repentir !
Nous aurions dépensé notre sève et nos forces,
Recherché, poursuivi de trompeuses amorces ;
Et quand, loin des écueils et de l'impur limon,
Nous croirions voir surgir le fortuné rivage,

Nous n'aborderions tous que la stérile plage
  Des adorateurs de Mammon !

Et là, supplice affreux ! tourment que rien n'égale !
Châtiment plus cruel que celui de Tantale !
Là, traînant les regrets d'un bien-être perdu,
Sur un sol desséché, sous un ciel homicide,
A nos gosiers brûlants, la terrible Euménide,
  Présenterait de l'or fondu !

Mais notre Christ à nous n'est fange, ni matière !
  Pur esprit et pure lumière,
Il est grand, infini comme l'éternité !
A travers les écueils, à travers la tempête,
Il mènera son peuple à la grande conquête
  De la fraternelle unité !

  Sur les ailes de l'espérance,
  En avant ! Foi, persévérance !
La lutte élève l'âme, et le front du vainqueur
Trouve dans le péril sa couronne de gloire !
De la sainte union doit naître la victoire,
  Frères, n'ayons qu'un cœur !

Asservis au devoir, le grand amour pour guide,
Le Ciel nous couvrira de sa puissante égide,
Il soutiendra nos pas vers cet Eden nouveau;
Et les peuples un jour, de l'un à l'autre pôle,
N'auront tous qu'un même symbole,
Qu'un même Dieu, qu'un seul drapeau!

MÉDITATION

LA VEILLE DE NOËL.

Si les morts avaient froid!... si, quand la neige tombe,
C'était comme un linceul posé sur notre tombe,
    Appelant le frisson au cœur!
Là, si le vent des nuits portait à notre oreille
Ses longs gémissements! si, comme dans la veille,
    On sentait, on souffrait, Seigneur!

Si, tournés vers le ciel, couverts de sombres voiles
Nos yeux cherchaient en vain l'azur et les étoiles,
    Et les mille rayons de feu,
Astre réparateur! Si de l'humide pierre
Nous sentions le fardeau! si, cloués dans la bière,
    Nous appelions en vain, grand Dieu!!

Etends, étends sur nous une main protectrice,
Seigneur! Serait-il fait ce terrible supplice
    Pour ceux qui furent les enfants?
Prends hélas! en pitié de faibles créatures,
L'enfer même aurait-il de plus rudes tortures,
    De plus redoutables tourments?

Cependant Christ nous dit : Qui méprise son frère,
Qui ne lui donne point du pain dans sa misère,
  Qui sans pitié lui dit *Raca*,
Celui-là près de Dieu n'aura point de refuge;
Il sera sans défense en face du grand juge,
  Et l'Éternel le maudira.

Vous serez donc maudits, vous, qui dans l'opulence
Insultez au malheur, et niez la souffrance
  Du pauvre qui vous prie en vain !...
Et parce que pour lui vous fûtes sans entrailles,
La tombe aura sur vous d'horribles représailles;
  Dans la tombe vous aurez faim !

Vous aurez soif aussi !... votre poitrine aride,
Brûlante, fléchira sous la dalle homicide
  Qui l'écrasera de son poids.
Alors, ô châtiment, supplice de l'avare!
Vous voudrez appeler le secours de Lazare,
  Votre gosier sera sans voix !

Ou plutôt, un écho lugubre, solitaire,
Viendra se faire en vous, et, sous votre suaire,
  De vous-même vous aurez peur !
Et puis vous sentirez votre chair se dissoudre;
Vous entendrez craquer vos os réduits en poudre
  Au froid contact du ver rongeur !

Donnez, riches, donnez... voyez, la neige tombe,
Le pauvre a faim... il souffre, il a froid, il succombe;
      Ses membres sont endoloris :
Sa lampe manque d'huile, et son foyer plus sombre
S'éteint... vers son grabat il se traîne dans l'ombre;
      Donnez, et vous serez bénis.

Donnez au malheureux, secourez l'indigence !
De celui qui gémit soulagez la souffrance ;
      De l'orphelin séchez les pleurs !
Pour ses pauvres enfants la veuve vous implore
Et demande du pain... donnez, donnez encore,
      L'aumône vous rendra meilleurs.

Faites vous des trésors que les vers ni la rouille
Ne puissent attaquer [1]... Celui qui se dépouille
      Pour donner à ceux qui sont nus,
Celui-là de la mort ne craint point les atteintes,
Et va prendre sa part des félicités saintes
      Que Dieu réserve à ses élus.

Que de passages dans l'Évangile qui ne sont ni assez lus, ni assez médités, ni assez compris, ni assez admirés ! Passages sublimes dont l'application

[1] Quos neque ærugo neque tinea demolitur. MATTHIEU, ch. VI, v. 20.

serait la solution de tous les problèmes sociaux, parce qu'elle serait le remède à toutes les souffrances.

« Mes enfants, aimez-vous les uns les autres. »

C'est par ces mots qu'après soixante et dix ans d'expérience et de luttes, St Jean, le disciple bien-aimé résumait toute la doctrine du maître. *Aimez-vous*, répétait-il sans cesse; et sa voix n'était que l'écho de cette autre voix plus sainte qui venait d'initier l'humanité à sa régénération par le précepte nouveau : * « Vous aimerez votre prochain comme vous-même. »

« Voulez-vous être parfait, avait dit encore le maître; allez, vendez ce que vous avez, donnez aux pauvres et vous aurez un trésor dans le ciel **. »

Une telle doctrine attristait certainement l'homme qui avait de nombreuses possessions. Mais celui-là, qui devait pousser l'abnégation jusqu'à faire le sacrifice même de sa vie, avait eu le droit d'ajouter encore : « En vérité, je vous le dis, il est bien difficile au riche d'entrer dans le royaume des cieux. »

Oui, sans doute, il est difficile au riche d'entrer dans le royaume des cieux, parce qu'à l'abri du besoin, il laisse son cœur s'endurcir et se fermer à toutes les plaintes du malheur; parce qu'il s'isole pour éviter le contact de ceux qui souffrent; parce qu'il devient ce *mauvais riche* qui laisse mourir *Lazare* à sa porte : parce que, son

* St Jean, chap. XIII, v. 34.
** St Matthieu, chap. XIX, v. 19 et suivants.

cœur une fois devenu inaccessible à la pitié, il renie Dieu pour se faire adorateur de Mammon, et vend son âme au démon de l'égoïsme.

Cependant, auprès du riche veille sans relâche, lui montrant la voie large et sûre qui doit le mener à Dieu, cette vierge au cœur fervent qu'embrase le saint amour de l'humanité ; par la charité il deviendra juste par excellence, car la justice est tout entière dans la bienfaisance. Comment l'être compatissant et bon pourrait-il s'approprier dans les biens de ce monde la part qui revient au pauvre, et commettre sciemment l'injustice ou la fraude ? Image de Dieu sur la terre, le riche qui fait le bien, marche d'un pas assuré au bonheur ici-bas et là-haut, béni de tous et béni de Dieu.

Oui, la justice est dans la charité ! et par l'aumône, le riche est appelé à devenir juste par excellence.

Écoutons plutôt la sentence du maître :

« Quand le fils de l'homme viendra dans l'éclat de sa majesté, accompagné de tous ses anges, il s'assiera sur le trône de sa gloire.

« Et toutes les nations étant assemblées devant lui, il séparera les uns d'avec les autres, comme le berger sépare les brebis d'avec les boucs.

« Il placera les brebis à sa droite et les boucs à sa gauche.

« Alors le Roi dira à ceux qui seront à sa droite : Venez, vous qui avez été bénis par mon père, possédez le royaume qui vous a été préparé dès le commencement du monde.

« Car j'ai eu faim, et vous m'avez donné à manger; j'ai eu soif et vous m'avez donné à boire; j'ai eu besoin de logement et vous m'avez logé.

« J'ai été nu, et vous m'avez revêtu; j'ai été malade et vous m'avez visité; j'étais en prison et vous m'êtes venu voir.

« Alors les justes lui répondront : Seigneur, quand est-ce que nous vous avons vu avoir faim, et que nous vous avons donné à manger; ou avoir soif et que nous vous avons donné à boire?

« Quand est-ce que nous vous avons vu sans logement, et que nous vous avons logé; ou nu, et que nous vous avons revêtu?

« Et quand est-ce que nous vous avons vu malade ou en prison, et que nous sommes allés vous visiter?

« Et le roi leur répondra : Je vous dis en vérité, *qu'autant de fois que vous l'avez fait à l'égard de l'un des plus petits de mes frères que voilà, c'est à moi-même que vous l'avez fait.*

« Il dira ensuite à ceux qui seront à sa gauche : Allez loin de moi, maudits, au feu éternel qui a été préparé pour le diable et pour ses anges.

« Car j'ai eu faim, et vous ne m'avez pas donné à manger; j'ai eu soif, et vous ne m'avez pas donné à boire.

« J'ai eu besoin de logement, et vous ne m'avez point logé; j'ai été sans habits, et vous ne m'avez point revêtu ; j'ai été malade et en prison, et vous ne m'avez point visité.

« Alors ils lui répondront aussi : Seigneur, quand est-ce que nous vous avons vu avoir faim, ou avoir soif, ou sans logement, ou sans habits, ou malade, ou dans la prison, et que nous avons manqué à vous assister ?

« Mais il leur répondra : *Je vous dis en vérité, qu'autant de fois que vous avez manqué à rendre ces assistances à l'un des plus petits que voilà, vous avez manqué à me les rendre à moi-même.*

« Et ceux-ci iront dans le supplice éternel, et les justes dans la vie éternelle * ».

---

* Matthieu, chap. xxv, v. 31 et suivants.

VERTUS CIVIQUES

LA PATRIE EN DANGER.

Le mot de *patrie* qui, pour les peuples esclaves ou dégradés, n'est qu'un mot sans valeur, est, au contraire, le puissant talisman qui opère tant de miracles chez les peuples libres ou dignes de l'être. C'est ce mot qui a été le nerf des anciennes républiques. C'est ce mot qui a fondé celle à jamais glorieuse des États-Unis d'Amérique. C'est ce mot qui a fait notre grande et impérissable révolution de 89.

La patrie, c'est le pays de nos pères, c'est la famille à laquelle nous appartenons, c'est le sol où nous sommes nés, où nous avons grandi, où nous avons vécu, aimé, souffert. C'est le centre, le foyer de nos affections les plus vives, de nos institutions les plus chères. La patrie est notre mère commune, et lorsqu'elle est menacée ou en péril, nous devons nous lever pour la défendre, et de toutes les morts la plus belle, sans contredit, est celle que l'on peut trouver en combattant pour elle.

Que dans l'enceinte d'une ville un incendie se déclare, chaque particulier attend-il pour se déterminer que le feu ait gagné la maison du voisin? Au premier appel, tout bon citoyen est debout, chacun fait son devoir.

L'ennemi est au cœur de la France. Il assiège notre capitale. Il a dévasté sur son passage nos provinces de l'Est, et nous assisterions sans nous lever tous à cet attentat contre le pays ! !

Mais, alors même qu'il serait éteint dans nos cœurs tout amour de la patrie, le seul instinct de la conservation devrait nous faire courir aux armes. Habitants des villes : la Patrie en danger, ce sont vos maisons saccagées, vos industries anéanties, vos manufactures, vos usines détruites! Habitants des campagnes : la Patrie en danger, ce sont vos champs dévastés, vos greniers, vos étables vidés, vos maisons, vos granges incendiées! Pour tous c'est la misère, la désolation, la ruine, le deuil et la honte.

Aimer la patrie, combattre pour la patrie, c'est donc aimer nos parents, nos proches, combattre pour tout ce que nous avons de plus cher. C'est aimer la liberté, combattre pour la liberté. C'est aimer la justice, combattre pour la justice. En un mot, c'est aimer la vertu, combattre pour la vertu.

Mais qu'est-ce donc que la *vertu* dans une république?

« C'est une chose très-simple, dit Montesquieu (1), c'est l'amour de la république ; c'est un sentiment, et non une suite de connaissances ; le dernier homme de l'État peut avoir ce sentiment comme le premier. Quand le peuple a une fois de bonnes maximes, il s'y tient plus longtemps que ce qu'on appelle les honnêtes gens. Il est rare que la corruption commence par lui : souvent il a tiré de la médiocrité de ses lumières un attachement plus fort pour ce qui est établi. »

Et Montesquieu ajoute :

« L'amour de la patrie conduit à la bonté des mœurs, et la bonté des mœurs mène à l'amour de la patrie. Moins nous pouvons satisfaire nos passions particulières, plus nous nous livrons aux générales. »

La plus haute expression de cet amour de la patrie, Cicéron l'a atteinte dans ces belles paroles que tout bon citoyen doit porter gravées dans son cœur : « Parcourez des yeux de la raison toutes les différentes sociétés, il n'y en a point de plus sacrée que celle qui nous lie à la république. Nous aimons nos parents, nos enfants, nos proches, nos amis ; mais tous ces amours particuliers sont confondus dans celui de la patrie.

(1) *Esprit des Lois*, livre v, chap. 2.

Un homme de bien balança-t-il jamais à se sacrifier pour elle? Devoir sacré! qui rend encore plus monstrueuse la fureur de ceux qui ont déchiré son sein et qui n'ont médité que sa ruine (1) ».

(1) Cicero, *De Officiis*, lib. 1, cap. xvii, num. 57.

LA RÉPUBLIQUE.

DROITS ET DEVOIRS.

L'homme est un être doué de raison. Par sa nature il est *libre* et *sociable*. C'est ainsi que l'a voulu le Créateur.

De là, des droits imprescriptibles et qu'il ne peut aliéner sous peine de dégradation.

De là, des devoirs qu'il ne peut enfreindre sans étouffer les cris de la conscience.

De ces lois primordiales ou *naturelles* dérivent des lois *positives*, lois politiques et civiles, d'autant plus propres à assurer le bonheur de l'homme, qu'elles se trouvent plus en rapport avec les lois de sa nature.

De tous les gouvernements le meilleur sera donc celui qui offrira le plus de garantie à la liberté hu-

maine; et les lois civiles édictées pour le maintien
d'une société établie dans de telles conditions échap-
peront d'autant à ces influences de *climat*, de *situation*, de *genre de vie des peuples*, etc., etc., qui
ne sont le plus souvent que des prétextes à l'aide
desquels certains individus, ou certaines castes, dé-
tournent à leur profit le sens des lois primordiales
qui sont l'œuvre de Dieu même (1).

Il est donc un gouvernement bien supérieur à
tous les autres; et ce gouvernement est celui qu'on
est convenu d'appeler une *république*.

Le gouvernement républicain est ou démocratique ou aristocratique.

« Lorsque dans les républiques, dit Montesquieu,
le peuple en corps a la souveraine puissance, c'est
une *démocratie*. Lorsque la souveraine puissance est
entre les mains d'une partie du peuple, cela s'appelle une *aristocratie*. »

Sans contredit, de ces deux gouvernements, le
gouvernement démocratique est celui qui offre le
plus de garanties, celui qui coûte le moins, qui est
le plus moral, le plus avantageux au peuple, le
plus conforme aux droits de l'homme, le meilleur

---

(1) Il n'est pas hors de propos de signaler ici le sophisme, d'après
lequel les partisans du gouvernement monarchique font de *l'insti-
tution de la famille* le principe de ce gouvernement. Ils semblent
oublier que les sociétés ne peuvent se former qu'à l'aide des lignes
collatérales dans lesquelles, même en invoquant l'extrême latitude
de nos codes, la parenté cesse de s'affirmer après le douzième
degré.

en un mot, c'est aussi celui qui impose le plus de devoirs.

La *vertu politique* est le principe du gouvernement démocratique. Or, la vertu politique est un renoncement à soi-même qui est toujours une chose très-pénible.

Montesquieu définit cette vertu *l'amour des lois et de la patrie*, et il dit immédiatement après :

« Cet amour, demandant une préférence continuelle de l'intérêt public au sien propre, donne toutes les vertus particulières; elles ne sont que cette préférence.

« Cet amour est singulièrement affecté aux démocraties. Dans elles seules, le gouvernement est confié à chaque citoyen. Or, le gouvernement est comme toutes les choses du monde; pour le conserver, il faut l'aimer.

« On n'a jamais ouï dire que les rois n'aimassent pas la monarchie et que les despotes haïssent le despotisme.

« Tout dépend donc d'établir dans la république cet amour; et c'est à l'inspirer, que l'éducation doit être attentive. Mais pour que les enfants puissent l'avoir, il y a un moyen sûr; c'est que les pères l'aient eux-mêmes (1) ».

L'amour des lois et de la patrie doit donc animer le cœur du vrai républicain. Mais il n'est acquis cet amour qu'à l'homme laborieux et sage, qu'au père

(1) *Esprit des Lois*, livre v, chap. 5.

de famille ayant le sentiment de ses devoirs, qu'au citoyen qui a déjà l'amour de la justice.

« La justice, dit l'orateur romain, est le fondement et le soutien de toute société humaine.

« Tous les devoirs de l'homme, ajoute-t-il (1), prennent leur source dans la connaissance du juste et dans l'utilité commune de la société, à laquelle l'homme est porté par l'instinct de sa nature.

« La société doit sa première origine à la propriété, parce que l'homme a jugé qu'il ne pouvait conserver tout seul une propriété qui serait continuellement exposée aux attaques et à la violence des autres; mais le soin de se conserver est aussi une des causes de la société. L'homme isolé est exposé à se voir attaqué dans sa personne.

« La nécessité d'être conservé et de conserver sa propriété a fait reconnaître à l'homme qu'il ne pourrait remplir cet objet, qu'autant qu'il s'obligerait de ne point attaquer les autres, ni en leurs propriétés, ni en leur personne; qu'il ne pouvait exiger la protection de la société, qu'autant qu'il se soumettrait lui-même à contribuer à repousser les attaques qui seraient faites aux membres de la société.

« C'est donc dans cette combinaison de devoirs et cet échange de secours que consiste la justice.

« L'injustice consiste à attaquer la personne ou la propriété d'un autre, à ne pas défendre celui qui est attaqué.

(1) De Officiis, passim.

« La société est une convention tacite, elle est dictée par la nature comme un état plus heureux pour l'homme qui tend sans cesse à son bien et à sa tranquillité.

« L'injustice entraîne la perte de la société; ainsi, la société la plus heureuse et la mieux affermie doit être celle où il y a le plus d'égalité, parce que ce serait celle où il y aurait le moins de tentatives et d'attaques contre les personnes et contre les propriétés. »

Peut-être convient-il, en terminant cet aperçu des droits et des devoirs, de dire de Cicéron parlant de cette égalité dont Montesquieu fait aussi une des bases de la démocratie, ce que d'Alembert dans son *Analyse de l'Esprit des Lois* a dit de ce dernier : « Quand l'auteur parle de « l'égalité dans les démocraties, il n'entend pas « une égalité extrême, absolue et par conséquent « chimérique : il entend cet heureux équilibre « qui rend tous les citoyens également soumis « aux lois, et également intéressés à les observer. »

Et maintenant, en présence de tous les désastres qu'ont appelés sur nous les coupables manœuvres du pouvoir et l'excès de prérogatives inséparables du régime monarchique; en prévision, hélas! de malheurs plus grands et d'une guerre bien autrement sacrilège, que tout bon Français se recueille et se demande, la main sur le cœur, si le salut du pays peut se trouver ailleurs que dans la République.

LE SUFFRAGE UNIVERSEL.

—

Ayons sans cesse présente cette leçon de Montesquieu : Dans les démocraties le gouvernement est confié à chaque citoyen, et l'amour des lois et de la patrie est singulièrement affecté à cette forme de gouvernement. Le pays qui n'aurait pas cet amour n'aimerait donc pas le gouvernement dont il est un des membres.

A-t-on jamais ouï dire que les rois n'aimassent pas la monarchie et que les despotes haïssent le despotisme ?

S'il était vrai que le peuple n'aimât pas le gouvernement dont il est un des membres, où pourrait-on trouver la cause d'un état si peu en harmonie avec la nature de l'homme. Le peuple n'aurait-il pas conscience de la dignité de son gouvernement? Il n'aurait donc pas le sentiment de sa dignité personnelle. S'abandonnerait-il à cette indifférence qu'il expie de temps à autre par de si effroyables désastres? Cependant il ne cède point à autrui la conduite de ses propres affaires, et il se montre au sein de sa famille

toujours jaloux de ses prérogatives. Ne serait-ce
pas plutôt parce qu'il n'aurait jamais rien su de
ses droits et de ses devoirs de citoyen ? Il faut
donc qu'on les lui apprenne, et de son côté il
faut qu'il s'en pénètre.

Dans les républiques démocratiques où chaque
citoyen est une partie du souverain, le respect
du vote est le premier, le plus sacré des devoirs. On peut même dire qu'il les renferme tous.
Nul donc ne doit s'approcher de l'urne électo-
rale sans s'être bien pénétré de la gravité de
l'acte qu'il est appelé à accomplir. Celui qui pour-
suivrait sa candidature par des voies que la conscience réprouve serait coupable au premier chef ;
et le citoyen qui, n'obéissant qu'à son intérêt
propre, lui sacrifierait l'intérêt général, serait
indigne de ce nom.

Le suffrage universel *non violenté, bien compris* et *respecté par tous*, c'est l'application de la
formule philosophique de tous les âges : *Dieu* et
la liberté.

C'est :

La négation de tout pouvoir monarchique ;

La république démocratique en germe ;

Le bien-être social ;

La paix et la concorde entre citoyens ;

Le plus haut niveau moral d'un peuple.

Pour bien comprendre tous les avantages du
suffrage universel, le peuple a besoin de s'ins-
truire et de se moraliser.

Instruit, bien pénétré de ses droits, de ses devoirs surtout, il aura la conscience de sa dignité en tant que souverain ; et le respect qu'il aura lui-même pour son vote, s'imposera de force à quiconque tenterait de le violenter.

La France de 1871 sera-t-elle suffisamment édifiée par l'immensité des désastres que lui a attirés l'oubli de ce devoir ?

Pauvre France ! que d'angoisses, que de secousses, que de malheurs ! Chacune de tes étapes vers la liberté aura donc été marquée par de sanglantes catastrophes, par des trahisons infâmes. Après les Bouillé et les Dumouriez !... les Bonaparte et les Bazaine !

Console-toi cependant et reprends courage. Malgré tes fautes et tes défaillances tu vaux mieux que tes ennemis. N'es-tu pas la *France* ? Ton nom dit *franchise* et *loyauté*, et plane comme une accusation sur les ténébreuses puissances qui te poussent à l'abîme.

Sois fière. Ton nouveau martyre est fait pour sanctifier le triomphe de la République. Et, s'il est vrai que les mères aiment le plus les enfants qui leur ont coûté le plus de soins, le plus de sollicitudes, le plus de larmes, quel ne sera pas ton amour pour cette République, la fille bénie de tes entrailles, que tu as nourrie de ton sang

7

et de ton lait, et que les despotes voudraient
cette fois encore, arracher à tes saints embras-
sements.

FIN.

L'auteur remercie MM. les Souscripteurs et en particulier M. Maraval, manufacturier, président de la Chambre de commerce d'Albi, et M. Monclar, propriétaire, président du Comice agricole, du concours qu'ils ont bien voulu lui prêter en vue d'une édition populaire des PETITES HEURES *à prix réduit.*

TABLE DES MATIÈRES.

—

HYMNES DE LA FRATERNITÉ

MÉDITATION

VERTUS CIVIQUES

ALBI. — IMPRIMERIE NOUGUIÈS.

DU MÊME AUTEUR

SOUS PRESSE

MA GABELLO

RIMOS ALBIGESOS.

POUR PARAÎTRE PROCHAINEMENT

HEURES DE SOLITUDE

POÉSIES.

www.ingramcontent.com/pod-product-compliance
Lightning Source LLC
Chambersburg PA
CBHW051555280626
47162CB00022B/2347